www.casterman.com

ISBN 978-2-203-00451-1

ZOÉ et THÉO

au Zoo

Catherine Metzmeyer & Marc Vanenis

casterman

Le zoo est immense. Le soleil est brûlant.
Zoé et Théo ont déjà vu beaucoup d'animaux.

— Nous allons voir les chameaux, les perroquets puis les autruches, décide papa.
— Et les singes insiste Zoé.

Papa explique : — Le chameau peut rester des jours sans boire.

— Nous, on a très soif. On peut avoir une limonade, demande Zoé. S'il te plaît, maman ?

— Oh ! on peut aussi acheter des bonbons !

Théo ouvre le paquet
— Le ruban est pour toi, Zoé.

— Youpie. Regarde comme je suis belle, Théo !

Zoé est inquiète : — Qu'est-ce qu'il me veut celui-là ?
— Il te trouve très belle, rigole Théo.

C'est le ruban qu'il trouve très beau !

— Rends-le moi.
Zoé se fâche et le singe aussi.

Tout le monde s'amuse.

Le singe et Zoé aussi.

La visite se poursuit.
— Théo, Théo, articule Zoé.
— Coco coco, répète le perroquet.

— En voilà une qui aurait bien besoin d'une casquette,
s'écrie Théo.

— Ah non. Tu n'auras pas la mienne !

Imprimé en Espagne.
Dépôt légal mars 2007 ; D.2007/0053/229
Déposé au ministère de la Justice, Paris
(loi n°49.956 du 16 juillet 1949 sur les publications destinées à la jeunesse).